UNE SEMAINE

A MARIE.

CHOIX DE SEPT NOUVEAUX CANTIQUES

EN L'HONNEUR

DE LA

TRÈS SAINTE VIERGE.

PAROLES ET MUSIQUE
DE A. FAURÉ,
CURÉ DE BARBAIRA (AUDE).

PAROLES SEULES : PRIX 25 CENTIMES.

CARCASSONNE,
L. POMIÉS, IMPRIMEUR DE Mgr. L'ÉVÊQUE,
RUE DE LA MAIRIE, 50.

UNE SEMAINE

A MARIE.

PROPRIÉTÉ.

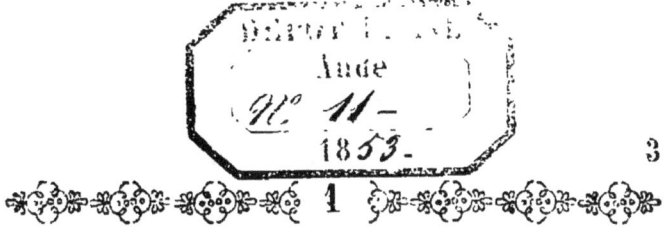

LE NOM DE MARIE.

CHOEUR.

Chantons le beau nom de Marie,
Ce nom si grand, si glorieux :
Chantons, toute la vie,
Ce nom chéri des cieux.

SOLO.

Partout dans l'univers,
Ce nom brillant de gloire
A gravé sa mémoire
Jusqu'au fond des déserts.

Chantons, etc.

II.

Dans la céleste cour,
Et les Saints et les Anges
A leurs chants de louanges
Mêlent ce nom d'amour.

Chantons, etc.

III.

Oh ! qu'il est doux au cœur !
C'est un nom plein de charmes ;
Il répand sur nos larmes
Un rayon de bonheur.

Chantons, etc.

IV.

Ni la suave odeur
Du lys de la prairie,
Ni la rose fleurie
N'égalent sa douceur.

Chantons, etc.

V.

Quand le pauvre orphelin
Gémit dans la misère,
A ce nom d'une mère,
Il bénit son destin.

Chantons, etc.

VI.

Ce nom, pour le pécheur,
Est un nom de clémence ;
C'est un nom d'espérance
Dans les jours du malheur.

Chantons, etc.

VII.

Devant ce nom puissant
Qui commande à l'orage,
Satan frémit de rage,
Et recule en tremblant.

Chantons, etc.

VIII.

Aux pieds de l'Éternel
Porté par la prière,
Il console la terre,
Et désarme le ciel.

Chantons, etc.

IX.

Puissé-je le bénir !
Ce beau nom de Marie,
Tous les jours de ma vie,
Jusqu'au dernier soupir.

Chantons, etc.

LE MOIS DE MARIE.

SOLO.

Quel beau soleil brille sur nos montagnes !
Quelle fraicheur réjouit nos vallons !
Le doux printemps a paré nos campagnes
    De ses plus riches dons.

CHOEUR.

    C'est le mois de Marie,
    C'est le plus beau des mois :
    Chantons, tous à la fois,
    Notre mère chérie.
    C'est le mois de Marie,
    C'est le plus beau des mois.

II.

Autour de nous, la riante nature
A déployé ses plus vives couleurs :
Ce n'est partout que tapis de verdure,
    Que guirlandes de fleurs.

    C'est le mois de Marie, etc.

III.

Entendez-vous, sous cet épais feuillage,
De nos oiseaux les gracieuses voix ?
Ils semblent dire, en leur joyeux langage :
    Ah ! qu'il est beau ce mois !

      C'est le mois de Marie, etc.

IV.

Ce clair ruisseau, cette feuille légère,
Ce pré fleuri, tout chante l'Éternel ;
Et nous aussi, nous chantons notre Mère :
    C'est la reine du Ciel.

      C'est le mois de Marie, etc.

V.

Chaque matin au retour de l'aurore,
Consacrons-lui les prémices du jour,
Et chaque soir, nous lui dirons encore
    Un cantique d'amour.

      C'est le mois de Marie, etc.

VI.

Auguste reine, aux pieds de votre image
Nous porterons nos fleurs et notre encens :
O tendre mère, acceptez notre hommage ;
    Bénissez vos enfants.

      C'est le mois de Marie, etc.

MARIE REINE DES CIEUX.

CHOEUR.

Salut, reine des anges !
Salut, reine des cieux !
A vous honneur, louanges,
A vous gloire en tous lieux.
Salut, reine des anges !
Salut, reine des cieux !

SOLO.

Sainte Sion, dévoile ta splendeur,
Montre-nous la vierge fidèle...
Qu'elle est brillante, qu'elle est belle !
   La mère du sauveur !.....
Rien de mortel n'égale sa grandeur.

Salut, reine des anges ! etc.

II.

Vierge Marie, au séjour des élus,
Tout s'incline en votre présence :
Les saints, dans un humble silence,
   Admirent vos vertus ;
Tout reconnaît la mère de Jésus.

Salut, reine des anges ! etc.

III.

Sur votre front si pur , si glorieux ,
   Brille la plus riche couronne.
   La beauté qui vous environne
     Ravit les bienheureux ,
Et de Dieu même elle charme les yeux.

   Salut reine des anges ! etc.

IV.

O séraphins , allez , abaissez-vous
   Aux pieds de votre aimable reine :
   Marie est votre souveraine ,
     Allez, à ses genoux ,
Lui consacrer vos concerts les plus doux.

   Salut, reine des anges ! etc.

V.

Mère de Dieu , sur un trône immortel
   La céleste cour vous contemple ;
   Et nous , dans cet auguste temple ,
     Au pied de votre autel ,
Nous vous jurons un amour éternel.

   Salut, reine des anges ! etc.

MARIE
REFUGE DU PÉCHEUR.

CHOEUR.

Priez pour nous , Sainte Vierge Marie ,
Priez pour nous , ô Mère du Sauveur :
Vous êtes l'espoir et la vie ,
Et le refuge du pécheur.

SOLO.

J'entends, comme un concert immense ,
La voix de cent peuples divers
Redire au loin votre clémence ,
Et sur la terre et sur les mers.

Priez pour nous , etc.

II.

Partout du couchant à l'aurore ,
On dit , qu'à vos pieds prosterné ,
Le serviteur qui vous implore
Ne fut jamais abandonné.

Priez pour nous , etc.

III.

Au récit de cette merveille,
Je sens s'adoucir mes douleurs;
L'espoir dans mon cœur se réveille,
Et me promet quelques faveurs.

Priez pour nous, etc.

IV.

De mes péchés la juste crainte
Fait encor chanceler mes pas;
Mais c'en est fait, ô Vierge sainte,
Je cours me jeter dans vos bras.

Priez pour nous, etc.

V.

Je viens à vous, ô bonne mère,
Je vous implore en gémissant :
Ne rejetez pas ma prière,
Ayez pitié de votre enfant.

Priez pour nous, etc.

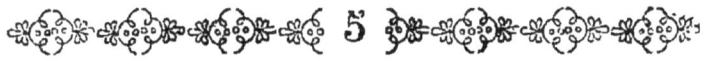

MARIE

SECOURS DES CHRÉTIENS.

CHOEUR.

O bonne et tendre mère,
Ecoutez ma prière ;
Venez, venez toujours,
Venez à mon secours.

SOLO.

Je vois, à chaque pas,
Le signal de la guerre ;
Je ne vis sur la terre,
Qu'au milieu des combats:
Mais non, je ne périrai pas ;
Marie est mon espérance,
Elle sera ma défense :
Non, non, je ne périrai pas,
Je me jetterai dans ses bras.

O bonne et tendre mère, etc.

II.

Le vice me poursuit
Menaçant ma faiblesse ;
Il m'attaque , il me presse
Et le jour et la nuit :
Mais non , je ne périrai pas ;
Marie , ô douce merveille !
Autour de moi toujours veille :
Non , non , je ne périrai pas ,
Je me jetterai dans ses bras.

O bonne et tendre mère, etc.

III.

Le monde vient m'offrir
Ses perfides caresses ;
Par de fausses promesses
Il cherche à me trahir :
Mais non , je ne périrai pas ;
Marie est toujours fidèle ,
Tout est bonheur auprès d'elle :
Non , non , je ne périrai pas ,
Je me jetterai dans ses bras.

O bonne et tendre mère , etc.

IV.

Aux douceurs du plaisir
Tout m'invite et m'appelle ;
Ah ! ma vertu chancelle !
Je me sens défaillir :
Mais non, je ne périrai pas ;
Marie est l'heureux asile
De l'innocence fragile :
Non, non, je ne périrai pas,
Je me jetterai dans ses bras.

O bonne et tendre mère, etc.

V.

Des esprits tentateurs
L'infernale malice
Me cache un précipice
Sous un chemin de fleurs :
Mais non, je ne perirai pas ;
Marie au ciel me protège
Contre ce funeste piége :
Non, non, je ne périrai pas,
Je me jetterai dans ses bras.

O bonne et tendre mère, etc.

VI.

A mes pieds, en tremblant,
Je vois l'affreux abyme ;
Serais-je la victime
De ce gouffre brûlant ?
Non, non, je ne périrai pas ;
Marie, auprès de son trône,
M'offre une belle couronne :
Non, non, je ne périrai pas,
Je me jetterai dans ses bras.

O bonne et tendre mère, etc.

VII.

Fiers tyrans de mon cœur,
Étalez tous vos charmes ;
Lancez sur moi vos armes....
Mais je serai vainqueur :
Non, non, je ne périrai pas ;
Marie est toute ma gloire,
Elle sera ma victoire :
Non, non, je ne périrai pas,
Je me jetterai dans ses bras.

O bonne et tendre mère, etc.

MARIE

EST NOTRE MÈRE.

DUO.

Où sera consolé
Notre cœur désolé
Sur la terre étrangère ?
Au ciel levons les yeux :
Marie entend nos vœux,
Marie est notre mère.

CHOEUR.

Venez, venez, empressez-vous,
Accourez tous ;
Venez tous à Marie,
C'est la mère chérie :
Venez, en ce beau jour,
Lui donner votre amour.

II.

Jamais l'argent ni l'or,
Ni le plus beau trésor
Que possède la terre,
N'égalent le bonheur,
L'ineffable douceur
D'être auprès d'une mère.

Venez, venez, etc.

III.

Sur ce vert arbrisseau,
Voyez le tendre oiseau,
Dans son nid solitaire :
Il ne craint point le vent,
Il repose content,
Sous l'aile de sa mère.

Venez, venez, etc.

IV.

Venez, enfants pieux,
Venez dans ces saints lieux,
Dans ce doux sanctuaire :
Offrez, avec ces fleurs,
L'hommage de vos cœurs
A la divine mère.

Venez, venez, etc.

V.

Allez, avec ferveur,
Implorer sa faveur
Par une humble prière ?
Déposez vos désirs,
Vos larmes, vos soupirs,
Dans le sein d'une mère.

Venez, venez, etc.

VI.

Elle sera toujours
Votre puissant secours,
Votre ange tutélaire :
Allez, ne craignez pas,
Jetez-vous dans ses bras :
Marie est votre mère.

Venez, venez, etc.

VII.

Heureux le serviteur
Qui se fait un honneur
De l'aimer, de lui plaire !
Il verra de ses yeux,
Dans la splendeur des cieux,
La gloire de sa mère.

Venez, venez, etc.

 7

MARIE

ÉTOILE DE LA MER.

OU

La tempête et la prière du matelot.

SOLO.

Le temps partout est sombre,
Au ciel aucun astre ne luit :
Hélas ! une terrible nuit
A déployé son ombre !
Malheur à vous ! triste jouet des flots !
Priez , priez , ô pauvres matelots.

CHOEUR.

Marie , ô douce étoile ,
Parais , brille à nos yeux ;
A travers les flots orageux
Viens guider notre voile.
Marie , ô douce étoile,
Parais et montre-nous les cieux.

II.

Voyez le noir orage
Qui gronde déjà dans les airs ;
Voyez ces rapides éclairs
    Enflammer le nuage.
Entendez-vous au loin le bruit des flots ?
Priez, priez, ô pauvres matelots.

> Marie, ô douce étoile, etc.

III.

Cent fois sur votre tête
La foudre a promené la mort ;
Mais craignez et tremblez encor,
    Car voici la tempête :
De plus en plus elle agite les flots :
Priez, priez, ô pauvres matelots.

> Marie, ô douce étoile, etc.

IV.

Envain votre courage
Affronte la rage des vents ;
Votre barque ne peut longtemps
    Echapper au naufrage :
La voyez-vous s'engloutir dans les flots ?
Priez, priez, ô pauvres matelots.

> Marie, ô douce étoile, etc.

V.

A cette heure dernière
Où tout pour vous semble finir,
Il vous reste encore un soupir,
   Encore une prière :
Priez Marie, elle commande aux flots :
Priez, priez, ô pauvres matelots.

   Marie, ô douce étoile, etc.

VI.

A vos cris de souffrance
Joignez encore un cri d'amour,
Et la bonne vierge, à son tour,
   Vous rendra l'espérance ;
Son doux regard apaisera les flots :
Priez, priez, ô pauvres matelots.

   Marie, ô douce étoile, etc.

VII.

Et nous, sur cette terre
Comme sur la mer en fureur,
Cherchons à notre pauvre cœur
   Un astre qui l'éclaire :
Levons les yeux vers la reine des flots :
Prions, prions, comme les matelots.

   Marie, ô douce étoile, etc.

TABLE

DES CANTIQUES.

CARCASSONNE ,

L. POMIÈS , IMPRIMEUR DE MGR. L'ÉVEQUE.

La musique pour ces Cantiques est simple et facile; mais ce qui ajoute encore à la simplicité, c'est que les refrains en chœur, écrits pour trois parties, peuvent, sans altérer le caractère du morceau, se chanter par toutes les voix à l'unisson, en prenant pour sujet la partie du premier dessus.

LES PAROLES SEULES, **25** c., FRANCO, PAR LA POSTE.

LA MUSIQUE avec les PAROLES en regard, format grand in-8°, prix net:
UN FRANC (FRANCO) PAR LA POSTE.

On trouve des exemplaires des paroles et de la musique :

A CARCASSONNE, chez POMIÉS frères, imp.-lib.
A PAMIERS (Ariége) AU GRAND SÉMINAIRE.
A BARBAIRA (Aude) chez L'AUTEUR.

www.ingramcontent.com/pod-product-compliance
Lightning Source LLC
Chambersburg PA
CBHW061641180626
46818CB00005B/2439